詩集

誇大妄想

天使の詩

誇大
妄想

宮田薫夫

わかるかなあ?

青山ライフ出版

さよ子のために

詩集

誇大妄想

天使の詩

宮田 薫夫

ぼくが生まれたとき
ぼくのお母さんは
カバだった

お父さんは
てんとう虫で

ぼくは
ムク鳥だった

ぼくは
どうして　こんなところへ
生まれてきたのか

ぼくは　いったい
なにものなのか

生まれるまえのことから
順番に
筋道をたてて
おもいだしてみた

そこは
どことも
いつともいえない
ぼくとか
あなたというものが
いない

すべてが
ぼくのような
あなたのような
ところなんだ

そこで　誰かが
ぼくをよんでいるんだ

すると
ぼくをよんだものは
そこにはいなくて
ぼくは
まる裸(はだか)の
とても
にんげんとはおもえない

男の子みたいな
女の子みたいなものが
ヤシの木になるのを
ながめていた

「ねーえ！　そんなところで
なにを　しているの？」

ぼくのくちから
あたりまえのように
言葉がでた

ぼくは
たぶん
にんげんではない
女の子に
なっていたんだ

男の子みたいな
女の子みたいなものは
ぼくが　いや
わたしが
よびかけたからか

しかるべきリズムが
狂(くる)ったように
一瞬　ヤシの木の輪郭(りんかく)が
おおきくぼやけ

たちまち
にんげんとはおもえない
男の子になると
いなくなっていた

「ねーえ！」

わたしは　なんかいも
なんかいも
よびかけた

けれど
もう　その男の子は
どこにも　みあたらなかった

ところが
おどろいたことに
わたしのまわりには
いまさらのように
男の子みたいな
女の子みたいなものが
あちこちにいて

男の子みたいな
女の子みたいなものは
ユリの花になって　鷹になり
カメが　イルカになって　鶴になり
キリンが　シマウマになって　猿になり

男の子みたいな　女の子みたいなものも
めまぐるしくいれかわって

ヘビが　鹿になって　ゾウになり
ペンギンが　雲になって
男の子みたいな
女の子みたいなものになり
キツネが　モグラになって　岩になり
トラが　男の子みたいな
女の子みたいなものになって
蘭になり

すべてがあるのに
なにもない

それは　さながら
天国のようにも
地獄のようにもみえた

わたしは
あらゆるものであって
なにものでも
なかったんだ

それが　わたしには
わからなかった
わからなかったからこそ
わたしは
あらゆるものに
なれていたんだ

しかし
それは　あっというまに
ぜんぜんちがう
おなじ風景と
すりかわっていた

男の子みたいな
女の子みたいなものは
まったくいなくて
天があって　地があって
海があって　森があって
ワニは　まぎれもなく　ワニであり
バラの花は　まぎれもなく　バラの花であり
フラミンゴは　まぎれもなく　フラミンゴであり
貝は　まぎれもなく　貝であり

ライオンは　まぎれもなく　ライオンであり
蟻は　まぎれもなく　蟻であり
トカゲは　まぎれもなく　トカゲであり
犀は　まぎれもなく　犀であり

わたしは
あらゆるものであっても
そのものになりきったとき
まぎれもなく
あるものであって
なにものでも　なかったんだ

それが　わたしには
わからなかった
わからなかったからこそ
わたしは
まぎれもなくあるものに
なれていたんだ

そして　それは
風景というよりも
まぎれもなく　あることによって
なにものでもない
たしかな
ひとつの　世界だった

わたしは　たしかな
ひとつの世界を
まえにして
何億年という歳月(としつき)を
ひといきに
とびこしてしまった

太陽の記憶
風の記憶
雨の記憶
空を飛んだおぼえなど
どこにもないのに
どこかにある
空を飛んだ記憶
大海を悠々と泳いだこと
枝から枝へ渡ったこと

野を駆けたこと
大地の臭い
草いきれ
ただ　咲いていたこと
ただ　ころがっていたこと

わたしは
男の子だったのが
じつは
女の子で
そして　すべてが
思い出になってしまった
女の子の　幻（まぼろし）でしか
なかったんだ

そこに
一頭のクジラが　あらわれた

「きみは　なにになりたいんだい？」

男の子が
クジラになっているんだ

わたしは
クジラが
言葉をはなすのをきいて
じつに
いやなかんじがした

わたしは
あらゆるものであるとき
まぎれもなく
あるものであるとき
言葉など
つかったことがない

男の子は
男の子なのに
男の子みたいな
女の子みたいなものと
かんちがいをしているんだ

そのうえ　男の子は
もはや
男の子でも
クジラでもない

それでいて
その　どちらでもある

なぜか
にんげんの
女の子みたいだった

わたしは
こんなもの
だったんじゃない

これは　なにかの
まちがいだと
おもった

かって
そうであったものの
なつかしさにまどわされ
そのおもいがとらわれて
つくりだした
あまりにも　滑稽（こっけい）で
おぞましいものだった

「それとも　みんなわすれて
いなくなりたいのか？」

ほんとうは　それが
いちばん
ただしいことだったのかも
しれないけど

だって
あらゆるものであるためには
まぎれもなく
あるものであるためには
なにものでも
なければ
ならないのだから

だけど
このときの　わたしは
いなくなることしか
考えられなくて

それが
いちばん
おそろしかったんだ

それに　わたしは
この　おぞましいものが
なんだか　無性(むしょう)に
愛(いと)おしくもあったんだ

よおするに
わたしは　退屈していたんだ
目眩(めくるめ)く郷愁(きょうしゅう)に
誘(いざ)なわれていたんだ

あらゆるものになれても
わたしが　なるんじゃなかったら
わたしは
なんにもなれていないのと
いっしょなんだ

それが
まぎれもなく
あるもので
あったとしても
わたしがいなかったら
世界は　ないのと
いっしょなんだ

わたしは　きっと
わたしが
あらゆるものである
男の子みたいな
女の子みたいなものになって

しかも
なおかつ
まぎれもなく
あるものになって
そのうえで
たしかな
ひとつの世界に
なりたかったんだ

たとえ　それが
天国のような
地獄のような

夢幻（ゆめまぼろし）のような
まやかしのようなもので
あったとしても

「おい！　はやくしてくれないと
ぼくは　もう
いかなければならないんだ！」

クジラは
うれしそうに
おこっているみたいに
かなしそうに
たのしそうに
踊りながら　唄いだした

わたしは
なにかになりたいと
おもいながらも
はたして
ほんとうに
こんなものになって
いいのかと
たじろいでしまった

それでも　わたしは
なにか　こたえたのだろう
クジラは　満足そうに
ひとつおおきくうなずくと
いなくなっていた

わたしは
どういうわけか　異邦人のように
これと寸分たがわぬ出来事を
もう　なんども　なんども
繰り返しているような
どこか
不思議ななつかしさを
おぼえながら
はじめて

なにかに
なるのだとおもった

わたしにはみえない
わたしの身体が
あたかも
そこにあるかのように
つけくわえられ
うしなわれていく
おそれと不安
えもいわれぬ　おさえがたい
気持ちのたかぶり

わたしの全身は
羽毛で
おおわれていたんだ

わたしは
天国と地獄を
かかえこんでしまった

わたしは
いてもたってもいられなくて
めのまえにあらわれた
男の子に

「あなたは　なにに
なりたいの？」
って　きいたんだ

それは　いつかの
ヤシの木になっていた
男の子だった

わたしは　このとき
まさに
ムク鳥の姿(すがた)をして
男の子みたいな
女の子みたいなものの
気分(きぶん)に
なっていたんだ

「ぼくは　風になりたい！」

そういって
男の子は
ニコニコしているんだ

わたしのなかで
ほんのすこし幽(かす)かな痛みが
芽生えていた

そして
わたしは一羽の
ムク鳥になって
まるで
わたし自身が
光り輝いているみたいに

どこまでも
ひろがりつづける
海のような　野のような
空みたいだった

そこで　誰かが
わたしをよんでいるんだ

わたしは不覚(ふかく)にも
眠りこんでしまって
ふいに
目覚(めざめ)たときのように
とっさに
ここが　どこなのか
わたしが　だれなのか
わからなかった

「しげお！　いないいないばあーッ！」

お母さんだった

それは
魔法の言葉みたいに
なにかの
儀式みたいに

お母さんが
あらわれたり
いなくなったり
しているうちに
いつのまにか

カバだった
お母さんが
そっくり
にんげんに
なっているんだ

お父さんも
にんげんで
ぼくも
にんげん
だったけど

ただし
ぼくは
言ってみれば
あくまでも

乙姫様が
亀になって
竜宮城から
にんげんの世界へ
帰って来て

玉手箱を
かかえこんだ
浦島太郎
みたいだった

詩集
誇大妄想
天使の詩

著　者　宮田 薫夫
発行日　2021 年 4 月 22 日
発行者　高橋 範夫
発行所　青山ライフ出版株式会社
〒108-0014 東京都港区芝 5-13-11　第2二葉ビル 401
TEL：03-6683-8252
FAX：03-6683-8270
http://aoyamalife.co.jp
info@aoyamalife.co.jp
発売元　株式会社星雲社（共同出版社・流通責任出版社）
〒112-0005 東京都文京区水道 1-3-30
TEL：03-3868-3275
FAX：03-3868-6588

ISBN978-4-434-28735-0

郵便はがき

108−0014

恐縮ですが、
切手を貼って
お出しください

東京都港区芝5丁目13番11
第2二葉ビル401

青山ライフ出版
読者カード係 行

通信欄

ご意見・ご感想などお寄せください。小社ウェブサイト（http://aoyamalife.co.jp）で紹介させていただく場合がございます。あらかじめご了承ください。

読者カード

青山ライフ出版の本をご購入いただき、どうもありがとうございます。

●本書の書名

●ご購入店は

・本書を購入された動機をお聞かせください

・最近読んで面白かった本は何ですか

・ご関心のあるジャンルをお聞かせください

・新刊案内、自費出版の案内、キャンペーン情報などをお知らせする青山ライフ出版のメール案内を（希望する／希望しない）

★ご希望の方は下記欄に、メールアドレスを必ずご記入ください

・将来、ご自身で本を出すことを（考えている／考えていない）

(ふりがな) お名前	
郵便番号	ご住所
電話	
E メール	

・ご記入いただいた個人情報は、返信・連絡・新刊の案内、ご希望された方へのメール案内配信以外には、いかなる目的にも使用しません。